AF322265

5492.
R 29.

Y 5492
R 29.

Ye

10086

ÉPÎTRE

AU FRERE CÔME,

CÉLÈBRE LITHOTOMISTE,

Sur l'Opération qu'il a faite à Mgr l'Archevêque de Paris, le Mercredi 22 Juin 1774.

Ferroque averte dolorem.
V*irg*. En. Liv. IV.

Pour arracher à la douleur amere
Le plus vertueux des Humains,
Que le fer même entre tes mains
Pour lui devienne salutaire.

A PARIS

Chez VALADE, Libraire, rue Saint-Jacques, vis-à-vis les Mathurins.

1774.

AVIS DE L'AUTEUR.

Mon premier projet étoit d'exprimer en Vers Latins les sentimens que renferme cette Épître : mais j'ai réfléchi que le moyen de lui donner une publicité plus grande étoit d'employer la Langue vulgaire. Au reste le foible hommage que mon cœur se plaît à rendre ici aux vertus & au talent, est aussi sincère que désintéressé. Je ne suis pas Ecclésiastique, & je n'ai point la Pierre.

ÉPÎTRE

AU FRERE CÔME,

CÉLÈBRE LITHOTOMISTE,

Sur l'Opération qu'il a faite à Monseigneur l'Archevêque de Paris, le Mercredi 22 Juin 1774.

O TOI qui sçais découvrir dans l'intérieur du corps humain ces pierres meurtrieres formées d'un gravier consolidé par le tems, & qui les arrachant avec dextérité, fais disparoître les intolérables douleurs qu'occasionnoit leur présence ; reçois, homme justement célèbre, le tribut d'éloges qui t'est dû.

BIENFAITEUR de l'Humanité, ta vie entiere a été consacrée à des études suivies, à des recherches multipliées & à des opérations heureuses dont le nombre fait ta gloire, & met ton nom aux yeux du vrai Sage, bien au-deſſus de tant d'impitoyables deſtructeurs à qui les malheurs du monde ont valu celui de Grands.

QUELLES obligations ne t'avoit déja point l'Europe, & plus particuliérement la France ta patrie? Que de peres de famille rendus par tes ſoins à des enfans affligés! que d'époux à des épouſes déſolées! que d'amis à des amis éplorés! quel âge, quel ſexe, quelle condition n'ont pas éprouvé ton adreſſe & ta ſcience? Ta main victorieuſe de la douleur, en la redoublant un inſtant, ou l'éloigne, ou l'anéantit pour jamais, & trompant, pour ainſi dire, la mort même, lui enlève des victimes qu'elle ne voit échapper qu'en frémiſſant.

MAIS tu t'aſſures aujourd'hui des droits à une renommée auſſi durable que notre immortelle reconnoiſſance, en rendant à l'Humanité & à la Religion le Bienfaiteur des malheureux, l'exemple des Paſteurs, le Défenſeur de la Foi, l'ami & le modèle des vertus publiques & particulieres, notre reſpectable Archevêque, CHRISTOPHE DE BEAUMONT en un mot, car c'eſt faire ſon éloge que de rappeller ſon nom.

HÉLAS! victime d'un mal trop long-temps ignoré,

en proie depuis plusieurs années à d'affreuses douleurs, il étoit menacé des accidens les plus funestes,
& le flambeau de ses jours alloit s'éteindre au milieu
des tourmens. Tout pleuroit autour de lui : lui seul
voyoit d'un œil calme l'approche de la mort , &
son courage étoit toujours le même. Enfin tu parois :
le motif de nos justes alarmes est connu. Des mains
exercées & devenues presque aussi sûres que les yeux ,
pénètrent le siege du mal & en découvrent la cause.
Le Prélat, inaccessible à la foiblesse, se décide au
même instant à la sanglante opération : les Méde-
cins admirent sa fermeté & applaudissent à sa réso-
lution : un seul ami en est instruit : & on la cache
avec soin à une famille affligée qu'auroit achevé de
consterner une si cruelle certitude.

LA veille du jour fixé est consacrée aux devoirs
les plus saints & les plus respectables. Quoique
tourmenté & affoibli par les douleurs les plus aiguës,
CHRISTOPHE, après s'y être dignement préparé ,
célébre les saints Mysteres. En s'administrant lui-
même le Sacrement adorable de la Religion , il veut
écarter les soupçons qu'il auroit fait naître, s'il l'eût
reçu d'une autre main. Le reste du jour est employé
à régler ses affaires temporelles , & ses derniers
ordres donnés, il passe la soirée au milieu des siens,
l'ame aussi calme, l'esprit aussi libre, aussi gai, que
si la journée du lendemain eût dû être la plus tran-

quille de sa vie. Ame forte & sublime, qui n'admirera ; qui n'enviera ta sainte sécurité !

CEPENDANT la nuit s'écoule, & l'aurore amène avec elle le ministre de la périlleuse opération. CHRISTOPHE le voit arriver d'un air sérein, & se livre à lui sans trouble & sans émotion. Grand Dieu guidez la main à qui vient d'être confiée une vie si chere ! Que le succès de ce moment douloureux soit égal au courage que CHRISTOPHE montre en s'y livrant ! ... Nos vœux sont exaucés : déja la pierre funeste formée parmi tant de douleurs est reconnue, est extraite. Bientôt la plaie se ferme, la cicatrice se consolide, & CHRISTOPHE renaît tout-à-la-fois à la vie, à la santé & à notre bonheur.

RELIGION sainte vous conserverez donc ce Pasteur, que ses vertus & son zèle, ses lumieres & sa fermeté rendent si nécessaire à votre soutien dans un siècle qui vous respecte si peu. Nous admirerons donc encore son inépuisable charité, la pureté constante de ses mœurs, l'inaltérable droiture de son caractere qui le rendroient respectable à ses ennemis même, si de telles vertus pouvoient en avoir.

ROI si cher à vos Peuples & si digne d'en être constamment aimé, rejetton précieux de *Saint-Louis* & d'*Henri IV*, vous reverrez aux pieds du Trône, où notre amour vous eût placé, si nous avions eu à

choisir un Maître, un de vos plus vertueux Sujets.
Monarque chéri, Reine adorée, quand la capitale
honorée de votre préfence augufte vous témoignera
fes tranfports, vous ferez introduits dans le Temple
du Dieu vivant par le même Pontife qui vous en
ouvrit les portes, lorfque vos yeux attendris annon-
çoient déja fon bonheur au Peuple que vous gou-
vernez aujourd'hui ! Famille augufte & chere à la
Nation, vous ferez inftruite par fa bouche de la joie
que nous infpire le fuccès des vœux formés pour
votre confervation & la durée précieufe de vos jours.

FRANCE, tu ne feras pas privée d'un de tes
meilleurs Citoyens : infortunés, vous reverrez encore
votre confolateur : pauvres, vos mains s'éleveront de
nouveau vers votre bienfaiteur & votre pere : Mi-
niftres des Autels, fes confeils continueront à vous
éclairer, fes exemples à vous foutenir & à vous
animer, fes leçons à vous inftruire ; & vous, fes
amis, vous à qui rien de lui n'eft inconnu, en ref-
pectant fes vertus apoftoliques, fon courage inaltérable, fa piété folide, & les rares qualités qui le
diftinguent & le caractérifent, vous jouirez encore
long-tems des douceurs de fa fociété intime, vous
applaudirez à fon difcernement, à fes lumieres, vous
chérirez fon cœur, & le vôtre fe livrera au double
plaifir d'aimer l'homme aimable & d'admirer le grand
homme.

Pour toi qui ne sors du Cloître où tu as voué tes jours à l'Éternel, que pour être utile à l'Humanité souffrante, jouis long-tems d'une gloire si pure & si rare. Que ton nom vainqueur des âges & consacré par tes services & notre reconnoissance arrive à la postérité la plus reculée, & que nos neveux disent un jour en pleurant sur ta cendre : *Sa vie fut employée au soulagement de ses semblables, & il prolongea celle d'un Homme bienfaisant.*

Virtutem in columem odimus;
Sublatam ex oculis quærimus invidi.
Hor.

Lû & approuvé, à Paris, ce 8 Juillet 1774.
MARIN.

Vû l'Approbation, permis d'imprimer ce 14 *Juillet* 1774.
DE SARTINE.

De l'Imprimerie de J. G. CLOUSIER, rue Saint-Jacques.

www.ingramcontent.com/pod-product-compliance
Lightning Source LLC
LaVergne TN
LVHW050245060726
842525LV00007B/2871